KB130913

청어詩人選 225

아내의 성(城)

박진섭 시집

도서출판 청어

아내의 성(城)

박진섭 지음

발 행 처 · 도서출판 청어
발 행 인 · 이영철
영　　업 · 이동호
홍　　보 · 천성래
기　　획 · 남기환
편　　집 · 방세화
디 자 인 · 이수빈 | 김영은
제작이사 · 공병한
인　　쇄 · 두리터

등　　록 · 1999년 5월 3일
(제1999-000063호)

1판 1쇄 발행 · 2020년 2월 29일

주소 · 서울특별시 서초구 남부순환로 364길 8-15 동일빌딩 2층
대표전화 · 02-586-0477
팩시밀리 · 0303-0942-0478

홈페이지 · www.chungeobook.com
E-mail · ppi20@hanmail.net
ISBN · 979-11-5860-741-8(03810)

이 도서의 국립중앙도서관 출판시도서목록(CIP)은 서지정보유통지원시스템 홈페이지(http://seoji.nl.go.kr)와 국가자료공동목록시스템(http://www.nl.go.kr/kolisnet)에서 이용하실 수 있습니다.(CIP제어번호: CIP2020005191)

아내의 성(城)

박진섭 시집

시인의 말

시집 셋으로 마무리하려 했는데
네 번째 작업에 매달려 있는 까닭을 모르겠다.

우리 내외 오랜 병영(病營) 생활에 지쳤음에도
글이 써지는 것은 꺼져가는 필라멘트의 집착일까.

이 굿판은
엄살에서 시작하여 엄살로 끝낸
내 생애 발자국이라 여겨주면
그것으로 족할 것이다.

첨기(添記)

–하나

문인화가(文人畫家)인 천성우(千聖雨) 시인에게서 시집 『한점 바람 되어』 출간 시 케리커쳐를 받아 책을 돋보이게 하였는데 이번에도 그의 재능을 빌기로 하였다.

천 시인은 몸도 성치 않을 뿐더러 부인인 서린(徐麟) 수필가 또한 병고에 힘들 텐데 또 모몰염치(冒沒廉恥)한 일을 저질렀다.

고마운 마음 노오란 댄싱걸 꽃바구니에 가득 태워 보낸다.

ㅡ둘

생애 마지막이 될 이 시집은 우리 부부의 오랜 병 간호에 온 정성을 쏟은 내 핏줄 준경 준용과 가족들, 저승에 있는 준범과 어려운 여건에서도 꿋꿋하게 살아가는 준범의 가족을 위한 나만의 공간 핸드폰 작업, 미발간(未發刊)으로 남기려 했는데

고희(古稀)를 넘긴, 백발이 성성한 부산 해동고등학교(海東高等學校) 28동기회 애제자(愛弟子)들이 헌정(獻呈)해 주었다.

거기에 공대천 수필가, 정희장 회장, 최순용 회장이 축하의 발문(跋文)까지 썼음에랴.

맺힌 물방울 닦아버리면 후정(厚情)이 지워질까 저어 굳이 훔치지 않겠다. 고맙다는 말밖에 무엇이 또 필요하랴.

2020. 2.

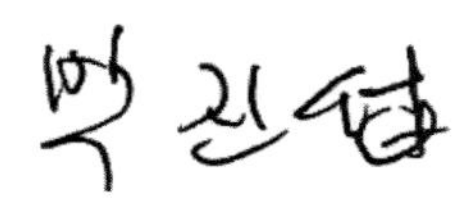

차례

제1부 낙엽 지는 날

제2부 편지

제3부 병영

제4부 을사오적

제1부

낙엽 지는 날

바람이
나뭇잎을 몰고 지나면
이브몽땅의 음표(音標)가
하늘에서
우수수 떨어진다

바다

바다가
너울너울
춤사위 편다

햇살은
바람을
몰아내고

구름 사이로
손을 내밀어
여인의 살갖을

핥는다.

새물내

봄은 소리 없이 다가와
소리 없이 가버리다

떠난 자리엔
새로운 때들이 자리를 메우고

그들 한가운데 서서
사계의 새물내 물씬 맡는다

새물내
상큼하다.

조리돌림

문득 어렸을 때 보았던 일이 떠올랐다
이불을 지고 동네 사람들에게 둘러싸여
마을을 돌던
처참한 몰골의 유부남녀(有婦男女)는
정분났다가 들킨 것이다
사람들은 손가락질하며 침을 뱉었다
간통의 단죄가 사형(私刑)으로 이루어져도
법은 묵과했다
그때는 인권이라는 용어도 없었다
겁먹으면서도 슬프디 슬픈
그들의 눈망울이 선하다.

낙엽 지는 날

바람이
나뭇잎을 몰고 지나면
이브몽땅의 음표(音標)가
하늘에서
우수수 떨어진다

새들은
나뭇가지에서
깃털을 털며
계절을 전송하고

금 간 거울 속
얼굴은
지난날에 파묻힌다.

고백하노니

피고 지는 꽃을
보고도

줄기차게 내리는 비를
보고도

단풍이 왜
변하는지

하얀 눈이 왜
어지러운지

피카소와 백남준이 뭘
말하려는지

절규하는
뭉크의 얼굴에서 전율을

느끼지
못한다

점점
둘치가 되어가고 있다.

입동(立冬)

겨울이 섰네
겨울이 오네
두터운 입성 챙겨
오네

나무는 바람에
옷가지 벗겨
부르르 몸서리치며
울고

여름 새
떠난 지 오래
그 자리에 까막까치 판을
메웠네.

겨울 같지 않은 겨울

가늠이 되지 않는
울 안에서
겨울 하늘을 본다

올 들어 미세먼지에 싸여
부옇기만 한 하늘
눈이 쌓여야 겨울이지

포옥 폭삭
목화솜 같은 눈은
이제 옛말이던가

나의 사랑 눈
겨울이여
아쉬움이여.

목숨

일 년 넘게 드나드는
관절치료사 맹인 할매집
대문 슬래브 지붕 위
플라스틱 화분에 심은 개나리는
사철 물을 주지 않고
분갈이도 하지 않지만
봄만 되면 잎이 돋아나고
꽃을 피운다

엄청나게 끈질긴
목숨이라고 경탄하지만

개나리의
속마음은
체념일까
인고(忍苦)일까.

갓난아기 때

기르는 강아지가 있었다
갓난아기 때 똥을 핥다가
연초록색 고환주머니를 찢어버렸다
어머니는 하얗게 보이는 새알을 잡아싸고
병원으로 내달렸단다

그 뒤 첫아이를 낳을 때까지
대를 걱정하셨다

부끄럽지만
내 고환주머니에는
꿰맨 실밥 자국이
상기 남아있다.

어머니의 노래

적선지가(積善之家)는
필유여경(必有餘慶)이란다
어머니는 늘 노래하셨다
따르지 못했다
하루에 참을 인(忍)을
세 번 새겨라
살인도 면한다 노래하셨다
걸핏하면 얼굴을 붉혔다
아예 귓등 밖이었다

지금 어지럽게 사는 것
병들어 신음하는 것
어쩌면 업보(業報)다

어머니의 주름이
확대경처럼 보인다.

울 엄니

엄니 엄니
울 엄니

시방
워디 계시남유

울 엄니
사천 삼백 이십 삼 년
음력 칠월 스물일곱 날
꽃가마 타고 나들이 가신 날이쥬

살아생전
찾어오는 많은 객식구들
그자 멕이고 입히고 재우느라
손에 물이 마를 새 읎었던
낟가리 쌓은 엄니 덕에

엄니 손녀 인기 좋아
여기저기 불려 다니며
강의하구유
엄니 손자 일 잘해

이사(理事) 승진 되얐다네유
증말 제 저드랑에 날개 달었구먼유

엄니
맨날 바라셨듯
옥황상제(玉皇上帝) 마나님
되셨슈?

아직도
눈물이 그리 많으슈?
손님들 오면 반가워 눈물
그렁그렁 하셨잖유 왜

우덜 엄니
엄니
울 엄니.

새야 새야 파랑새야

'새야 새야 파랑새야'
어머니의 무릎이
그립다

'녹두남게 앉지 마라'
어머니의 까끌까끌한 손바닥이
등을 쓰다듬어 지난다

'녹두꽃이 떨어지면'
어머니의 깊은 마음이
가슴을 가른다

'청포 장사 울고 간다'
어머니의 가녀린 한숨이
온몸을 싸고 돈다.

손맛

배추짠지 숭덩숭덩
진닢국 끓여
밥 말아주시던 어머니의
손맛 그리워진다

제일로 맛있던 건건이는
새콤한 박짐장찌개
썩썩 비벼먹는
잊히지 않는 맛

고추장에 박아두었던
청태장아찌 곁들이면
군침 도는
어머니의 손맛이었다

가난한 밥상이라도
가족사랑 곁든
까슬까슬 터진 어머니의 손
나이를 먹을수록 맛있어진다.

고향 가기

일 년이면 두어 번
오금에 깍지를 끼고
하늘을 날아 고향에 간다

어릴 적
살았던 집
둥근 문고리를 잡는다

질화롯가에서
옥루몽 읽으시는 아버지와
인두질 하시는 어머니

까만 벨벳 원피스를 입은
서너 살 됨직한 누이가
투레질 하고 있었다

일 년에 한두 번은
고향 찾는
꿈을 꾼다.

아아 고향

사르락 사르락 싸락눈 내리는 늦은 저녁
목침 베고 얘기책 읽으시는 아버지와
달큰한 젖내 포근히 안겨오는
어머니 옆에 머문다

무엇과도 견줄 수 없는 두분의 다사로움이
몰려오는 한기(寒氣)를 날리고
육심(肉心)은 끝없이 끝없이
온화해진다

아아
아름다움이여
사무치게 다가오는
그리움이여.

끄싱이*

얼마나
멍청이짓 했는지 모르지만
귀싸대기 불나게 맞고도
아뭇소리 못하는 사람들이 있어요

그런데
참 이상하지요
갖은 고랑땡이*를 먹고도
대들지 못하고
만만한 게 홍어 뭐라고
하늘에 쑥떡만 잔뜩 먹이잖아요

충청도에서는
이런 못난이들을
으뭉한* 끄싱이라
하거든요.

* 충청도 사투리로 '바보', '못난이'
* '골탕'의 사투리
* '의뭉한'의 사투리

보리다방

1957년 겨울 규영의 누님이 지금은 전국에서 알짜배기 땅인 명동 네거리 시공관* 건너편 보리다방 개업 준비를 하던 전날 밤 친구들과 막걸리를 마시며 밤 새워 허무인가 뭔가를 게걸거리다가 다방 2층 창문 밖으로 술지게미를 토해대던 때가 있었다.
보리다방에는 조미령 등 배우들과 가끔은 발레리노 임성남이도 얼굴을 내밀었다.
시공관은 어느 금융사로 보리다방은 의류매장으로 바뀌었다.
세월의 무상함에 혀를 차며 20대 청년으로 명동을 걷다가 그곳 2층을 바라본다.

토해낸 게걸과
막걸리의 시큼한 냄새가
풍긴다.

* 시공관으로 개원하여 공연하다가 국립극장으로 개명되었음. 성동여자실업고등학교 재직 시 연극반 지도, 이곳에서 전국학생연극경연대회 최우수상을 수상하여 커튼콜을 받음.

십여 년만의 외출

휠체어에 앉아
지하철 타고
남대문시장에 다녀왔다

그곳에 들른 지
십여 년
머리 깨지고 난 뒤
두문불출(杜門不出)했으니까

시장은 변함없었다
인간 시장
그들 사이에 끼어
모자 사고 어묵 먹고
Skin Bracer도 사고

조금은 피곤했지만
사람 냄새가 좋았다
활기차게 흥정하는
인종(人種) 장터가
너무나 좋았다

다음에는 1950년대
우리의 무대 명동에서
청동다방 단골
꽁초 선생님*을 뵙고
교자집 칼국수를
맛보러 가볼 것이다.

* 1963년 별세한 폐허 동인, 공초 오상순(空超 吳相淳) 시인.

명동에서

명동칼국수를 먹고
지금은 사라진
국립극장 건너편
은성(銀星)주점*
이명숙 여사를 울렸던

박인환(朴寅煥)의
'세월이 가면'을
흥얼거리고

돌체와 모나리자에서
명동백작 이봉구(李鳳九)와
여러 예술인들을 만나는 즐거움

우리네의 아지트
그곳에 가면
날 새는 줄 모르고
문우(文友)들과 대폿잔을 비우며
게거품을 물었던 시절이 있었지

그분들은
나의 희망이었고
우상이었다.

* 연극인 최불암의 어머니 이명숙 여사가 경영했던 주점으로, 박인환, 변영로, 오상순 등 문인을 비롯하여 많은 예술인들이 드나들었던 주점.

그리움은

눈 속 안개처럼 피어오르는 그리움은
마주 잡았을 때 거칠지만
따사한 손바닥일 게다
주름살 겹겹이 얽힌 얼굴일 게다
다가가 안기었을 때
거칠었던 숨결이
차분히 차분히 고르어졌던 가슴일 게다
포송포송한 솜털처럼 포근한 마음일 게다
따끈한 양수(羊水) 속 유영(游泳)하는
태아의 안정일 게다
그것은 사랑하는 사람의
모정(母情)이었을 게다.

솔향기

경기도 군포시 근처에 있는 솔향기를 아시나요 몇 천 원짜리 시
골밥상 집인데 가짓수는 많지 않지만 깔끔한 반찬이랍니다
고등어구이가 맛있어서 여러 접시씩 청해 먹지요
들리는 말로는 젊은 두 내외가 미국으로 이민 갔다가 고향이 그
리워 돌아와 자기네 땅에 이 집을 차렸다고도 하고 밤낮을 가리
지 않고 궂은 일 좋은 일 도맡아하는 동네 반장격인 그가 무슨
가든인가를 하다가 개발에 밀려 이곳에 자리 잡았다고도 하는
데 넓은 정원에 느티나무 단풍나무 등이 어우러져 노랗고 빨간
잎들이 날리고 바닥에는 나뭇잎이 쌓여 양탄자를 깔아놓은 것
같습니다
잎잔치 위 의자에 앉아 커피를 마시며 흐르는 감미로운 음악을
듣고 있으면 어느새 몽롱한 꿈속에 빠짐을 알게 될 것입니다.

내가 싫어진다

지하철 유리문에 비치는
나를 보면
내가 싫어진다

가식적인
웃음이
싫고

지나치게 가벼운
말소리가
싫고

가늠을 못하는
몸뚱아리가
싫고

마음이야
겉으로
드러나지 않지만

지하철 유리문에
그대로
비치는 것 같아

그래서
그래서

천리만큼
낯설어진 내가
미치도록 싫어진다.

바보상자에 빠지다

저녁부터 11시까지는
뉴스와 드라마에 빠져 지내다가
다음날 낮에는 녹화해 둔
또 다른 드라마에 취한다

어떤 사색도
어떤 몸짓도
다 잡아먹는 바보상자인 줄
알면서도 놓지 못한다

뉴스를 보면서
우울해 하고
흥분하고

드라마를 보면서
눈가를 붉히고
욕하고
통쾌해 하고

암튼
하루 반나절은

바보상자에 취하여
나를 실어보낸다

나의 시간은
줄곧
허공으로 흐른다.

눈발을 보며

하아얀
눈밭에
각혈(咯血)을 쏟아내면

참 아름다운 꽃송이가
피어날 것이라고
독백했던 젊은 날이었지만

눈밭에
미끄러져
팔다리 부러지지는 않을까

눈발에 벗겨진 머리가
시리어
뇌졸중에 걸리지 않을까

넘어져
뇌진탕으로 죽지 않을까
걱정 않는

올 들어 처음으로
눈 같은 눈을 바라보며
지나간 눈을 생각하고

끝내 아른한 여운을
느끼는
나이고 싶다.

어린이날에

우리 예쁜 손(孫)*아
하브이 할무이

며칠 있으면 어린이날
이쁘게 똑똑하게
잘 자라주어 더더 이쁘지

어려서는 이쁜 왕자님
공주님 되고
좀 크면 의젓한 왕자님
고운 숙녀님 되고

손아
착한 손아
마음속
우리 손아.

* 희석, 지윤, 정원, 윤아, 진호

별무리

탑 돌다가
탑을 돌다가
맺힌 한
풀려다가

연등 들고
연등을 들고
연(緣)의 매듭
헤치려다

현란한
한 움큼
별무릴
보았네.

길

시계소리 한밤을 묶네
초침 돌아가는 소리
보이는 시침보다
더 아리다네

사물 보고
사물 느끼고
얘기하고
웃고 우는 일

언제 가야 할 길인지
아무도 모르지만
확실한 건
언제든 가야 한다는 것

삼도내* 속
어디라도 건너갈 거네
삶 속 하많은 짐
짊어지고 갈 거네.

* 삼도천(三途川)의 다른 말로, 사람이 죽어 칠 일째 되는 날 건넌다는 내.

상사(相思)

홍안은 어디 두고
백골만 묻혔느니
술 한잔 권한 뒤풀이는
사랑의 파직(罷職)이었나

죽어서도
사내의 문주(文酒)에 혹하여
사랑보다 더 뜨거운
낙향을 시켰고녀

진이(眞伊)의
속내를
알았음인가

군말 없이
신걸산*자락
낙엽과 함께 하였네.

* 전남 나주에 있는 산으로, 백호 임제(白湖 林悌)의 유택이 있음.

근황(近況)

지팡이 짚고
소주 한 모금
냄새 맡는다

얼굴이 벌개진다
숨이 차다

대체 지팡이는
언제 내 울에서
퇴각할 것인가

조형술로 심혈관을
조명할 수 있겠는가

해봤자 군데군데
바늘구멍만 해졌을
심혈관

스텐트를 넣어 넓힌들
술 한 모금 냄새 맡아
헐떡거리는 가쁜 숨을

관절과
디스크는
알고나 있는지

터질 듯 부풀어 남산만한 배는
어떤 심술을 부릴지
퍽이나 궁금하다.

근접촬영(近接撮影)

하늘 끝
새가 난다

기운차게
바람 조각내며
날개 편다

그러기
칠십여 생

어느새
새는
서서히 힘을 잃어가고

날개 접을
궁리만 있다

그 속에
내가
있다.

가을이면

가을이면
심장이 뛴다
춤추는 이파리 되어
마구 마구 마음이 뛴다

살점 점점이 움찔댄다
써늘한 이파리의 숨결 되어
사통팔달 움찔댄다

눈알이 흔들린다
카멜레온의 색깔 되어
붉은 눈알 흔들린다

휴우 휴우
쓸려오는 바람결
소리 소리

심장이 스산하다
마음이 을씨년하다
가을이 가고 있다.

난타(亂打)

계절은 다시 순환되었네
지난해도 그랬거니와
올해의 가을은 더 비었네
무엇인지도 모르고
무엇 때문인지도
아무것도 모르고
명치까지 허옇게
빈 마음을 메다꽂고
난타당하는 머리를
어쩌지 못하는
잎의 계절

병은 틀림없이 병이로되
병명은
도저히 모르것네
모르것네.

제2부

편지

-금일참회(今日懺悔)
-금일참회(今日懺悔)

사무친 한을
어찌 풀 건가

고작 마흔 여덟 해
머물다 간
사람아
이 사람아

편지 · 1
–프롤로그

넋두리는 넋두리로
끝나야 함을 압니다
시가 아닙니다
글도 아닙니다
그러나
이렇게라도 풀어야
맺힌 울컥함이 풀어질까 해서
어리석음을 보였습니다.

편지 · 2*

끝까지 보듬지 못하고 입양 보낸
죄
애완보다 못한 애완으로 사는
널 윗목으로 밀어 놔둔
죄
처절한 방황에도
따스한 마음 전해주지 못한
죄
일그러진 네 얼굴을
감싸주지 못한 아비의
죄
결국은 어른들의
이기와 독선으로 희생시킨
죄
그래도 그런 어른들을
극진히 보살폈던
네 마음을 몰랐던
죄

—금일참회(今日懺悔)
—금일참회(今日懺悔)

사무친 한을
어찌 풀 건가

고작 마흔 여덟 해
머물다 간
사람아
이 사람아.

* 형에게는 소생이 없었다. 어쩔 수 없이 형 앞으로 출생신고를 하고 나서 얼마나 울었는지 모른다.
그 아이가 직장 회식이 끝난 뒤 유명을 달리 했다. 처와 남매 둘을 남기고.
시도 때도 없는 회한의 눈물을 주체할 수 없다.
울음소리를 삼킨 채 등을 돌리고.
아내 몰래……

편지 · 3

하얀 밥풀 세 개
물고
쪼리…… 쪼리*……

삼대독자 집에
둘째의 아들로 태어난
귀하디 귀한
금자동이 은자동이
집안의 꽃이었다.

* 아들이 한창 말을 배울 때 고기를 쪼리라 하였다.

편지 · 4

참을 인(忍)
백 번을 쓰지 못하고
형에게로 달려갔다

있는 일 없는 일 들추며
툭하면 일러바치는
큰집 계집아이를
정신없이 두들겨 팼다
매 맞은 아이는
흥부의 매품이었다

불쌍한 새끼는
대문 뒤에 숨어서
비 맞은 굴뚝새처럼
겁에 질려 있었다

나는 철길로 뛰어들었다
기적소리가 귓전을 때렸다

얼마가 지났을까
동서집에 누워있는
나를 보았다.

편지 · 5

그 애
국민학교 졸업식장
중학교 입학식장
서먹서먹 지켜보아야 했다

이게 무슨 꼴이지?
무슨 개뼉다구 같은 팔자지?

솔로몬이라도
나타나지 않을까

빌어먹을
지가 주고선
무슨 개수작이야!

수없이
수없이
자책하며

컹컹
짖어댔다.

편지 · 6

아들놈이
어려운 대학에 붙었다고
함박처럼 입 벌리며
부자(父子)가 찾아왔다

'이 녀석
대견해 죽겠어요
신통해 죽겠어요'

죽겠어 죽겠어를
연발하다가

보쌈을
맛있다며
먹고 간 날

성탄절이
마지막
만남이었다

–녀석의 아비
정월 여드레에 왔다가
정월 여드레에 갔다.

편지 · 7

얼굴이 부조(浮彫)된다
왜
그리
보고
싶지?

엷은 구름 속에
가려진 반달
그리듯
못살게스리
그리워지지?

편지 · 8

가슴이 때꾼하다
천장이 압박한다
가위가 눌린다

언제부턴가
아범을
가슴에 묻고
실컨
울도 못하고

멍울진
퍼런색으로 도배한
나는 속절없이
카멜레온이다.

편지 · 9

하늘을 본다
하늘의 꼭짓점을
찾는다

거기엔
나의 가족이
있다

먼저
달궁 지어 놓은
사랑하는
가족이
웃고 있다.

편지 · 10

장손이 과수석
전액 장학금 소식을
알려왔다

순간 응급실 간이침대에
숨을 멈추고 누워 있던
아범의 얼굴에
허허 웃음이 터졌다

시무룩하게 있던
영안실 영정에서
너털웃음이 너울져 나왔다

천지가
웃음소리로
가득 찼다

소리는 가닥가닥
오색으로 무리져
하늘로 흩어졌다.

편지 · 11
–에필로그

월명대사는 말씀하셨지
극락에서 만날 날
불도 닦으며 기다리겠노라고*

허나
업장(業障)
하늘
하늘 끝까지
쌓이고 쌓여
나 언제 돌아가리

그리운 이들
있는
곳
언제.

* 월명사의 향가 '원왕생가'

세월 빠르기도 하이
-부산 해동고 28동기 졸업 50주년에 부쳐

어느새 그리 되었던가
졸업 50주년
그대들 연치(年齒) 고희(古稀)가 넘었네 그려

기운 펄펄하던 청년들이
참 세월 빠르기도 하이

내 머리엔 그대들이 있네
지울 수 없는 앳된 모습
각인되어 있네

100주년이 되면
초대해 주게
바람 타고 꽃바람 타고
휘이 다녀오겠네

번창하시게
건강하시게.

화들짝 일어나시게

여보시게
문수보살*
어서
어서
화들짝
일어나시게
향수(鄕愁) 넘는
암소눈
더 더
크게 뜨고
입담 좀 늘어노시게
성감대(性感帶) 건들지 말라는
농익은 농
다시
다시
담고 싶네.

* 김문수 작가가 2010년 3월 머리를 다쳐 인사불성으로 누워 있다. 하루 속히 일어나 차라도 함께 나누고 싶다.

2학년 4반

부산 앞바다가 다가오는
영도구 영선동(影島區 瀛仙洞)
해동고등학교(海東高等學校)

부임한 날 첫 수업
2층 2학년 4반 담임 교실
수업은 제쳐둔 채 창 밖
점점이 멸치잡이 어선이 박혀있는
쪽빛 바다 그림 속에 빠져버렸다
감탄사는 감탄사일 뿐이었다

교탁 앞 맨 앞줄 박성갑
중간에 반장 장현보
끝줄에 김영진 윤윤진
X 자로 훑으면
또랑또랑한 눈들이 보인다

어제 부산에서 백발이 성성한
동성이 기환이 순용이 정식이 상용이
애제자(愛弟子)들이 문병을 왔다
반가워서 눈시울을 껌뻑였다

신병(身病)이 깊어도
이 맛에 살아가는가
보람이 있는가 싶었다.

영결(永訣) · 1
–입관(入棺)

칠성판이 울렸다
안치실 천장이 울렁거렸다
흐느낌은
주변을 감싸고
싸늘한 바람만이 휘돌았다
삼베옷으로 갈아입는
형은 고통이 없었다
평화로운 눈과 입매
극락으로 극락으로
훨훨 날아갔으리라

누이도 가고
형도 가고
누리에
이제
나 하나만
덩그마니 남았다
숨을 쉰다.

영결(永訣) · 2
–화장장(火葬場)

아무것도 아닌 것을
아무것도 남지 않은 것을
두 시간 남짓
결국은 하얀 재
작은 상자 하나로
남을 뿐이어늘
그토록
괴로워하다가 가는 것을.

영결(永訣) · 3
–하관(下棺)

백색 유골이 담긴
사방 삼십 센티의 함이
내려진다
달궁은
머리 위를 지나는
흰 구름에 버무려져
메아리쳐 돌아오고
산 자의 말소리는
망자의 넋에 파묻히다.

영결(永訣) · 4
-사구재(四九齋)

귀천(歸天)하는
가녀린 저승새
올려본다

그저
그뿐일 수밖에 없다

형 가는 길엔
목탁과 독경소리로
가득 찼다

마음은 홀가분하다.

강민(姜敏) 시인에게

이제
소국당(小菊堂)의 미소는
그대 가슴에
남아 있으리

소국당의
구수한 경상도 말은
그대 마음에
웃고 있으리

소국당의
온몸은
그대 눈동자에
비쳐 있으리

허나
전신이 못 견디게
저며 아파도
강 시인이여
어쩌겠나

훗날
우리 저기 저기 세상에서
부둥켜안고 재회의 즐거움
맞을 날 기다리세나

–한 사람은 폐암,
또 한 사람은 폐렴,
또 한 사람은 전립선암
성하다는 한 사람도 허리 때문에 지팡이에 노구를 의지했다*

이런 친구들과
어울려 가슴 터놓고
허허 웃으며 지내다가
먼저 간 이들과 손 잡아보세
강 시인이여.

*신봉승의 '친구들 이야기'에서

내 친구 민(敏)아 · 1

그대
어딜 구경하고
다니시나

새들이 노래하는
미망(迷妄)의 숲속을
거닐고 계신가

언제나처럼
세상 마구 돌아감을
한탄하며 글을 쓰고 계신가

복분자 술잔 높이 들고
인동회(仁東會)
동오재(東梧齋)의
앞날을 축원하고 계신가

친구 성철(聲哲) 강민(姜敏)
목멱(木覓) 기슭 석조전에서
미당(未堂) 선생님과 담소하고 계신가

어서 어서 훌훌 털고
일어나 인사동 거릴
휘저으세

내 친구
민아
민아.

내 친구 민(敏)아 · 2

민(敏)아
성철(聲哲)아
아직도 미로(迷路)에 있니

폐 아플 때
어머니의 기구(祈求)로
소생했듯

훗닥 일어나
쐬주잔 기울이며
예전의 모습으로 돌아오게

콧줄과
주렁주렁 매단
주사바늘 빼 던지고

파리한 모습
사진으로만
보여주지 말고

나에게로 와

씨익 웃으며
손잡아 주게
어여.

민(敏)아 민(敏)아 · 3
-강민 시인의 승천에

민아 민아
왜 그랬어
무어가 급해서
갔느냐 말야

자녀들과
똘망똘망한 손주들
눈에 밟혀 어찌 떠났니

민아
속세의 모든 괴로움 잊고
편안히 승천하시게

머지않아
그대 있는 곳에서
웃으며 만나세

내 친구 민(敏)아
성철(聲哲)아.

제3부

병영(病營)

'뻐꾸기 둥지 위로
날아간 새'

난 지금 환의(患衣)를 입고
배우가 되어
뻐꾹 뻐뻐국
하늘을 날고 있다

병영(病營) · 1

사랑하는 이여
하여 슬퍼하지 말게나
재미없는 나일지라
그저 재미있는 세상이라고
생각하며 지내자구

우리 둘이 어쩌다
같은 병원에 누워있는 것
또한 남들에겐 좀처럼 없는
기연이 아닌가

여보시게
이제부턴 우리 웃으며
사랑타령 하면서
갈 때까지
알콩스레
살아보세.

병영(病營) · 2

지구위 내 그림자 없거들랑
마음은커녕 썼던 글도
모두 지워주게

친구여 혹여
가슴에 사무친 말 뱉은 거 있거든
이 또한 지구 밖으로 날려 주게나

그리고 몸은
불태워 흔적 없이 해주게

그제서야
솜털 구름 타고
그렇게도 보고 싶었던
알프스 눈 덮인 협곡 아래
푸른 풀들과

뭣이던가……
그래
킬리만자로산 아래
뛰노는 생명들 보며 웃으려네.

병영(病營) · 3

사십여 킬로밖에 되지 않던 그녀
한 팔로 허릴 감아 안아주던 그녀가
육십 킬로를 넘어섰어도
호리호리하고 예쁜 만능 소녀로
자동침대에 누워 있다

삼 년 전 넘어져
다리 세 동강 나
병원에 누워있을 때

면회 왔다
버스 사고로
머리 세 곳을 뚫었어도
정신을 놓지 않는 고마움

허나
자신에 대한
회한과 미움으로
가득 채워졌다

내 탓이오
내 탓이오
내 탓이로소이다

삼 년이 지났어도 휠체어에
의지하며 살아가는 나에게
위안이 되는 것은
아내도 같은 재활병원에 입원
함께 하는 것
이기심일까

꽃샘바람이
창문 사이로 파고 든다
스산하다
마음이
아려온다

봉은사*
종소리가
새벽하늘을
가로지른다.

* 서울 강남구 삼성동 코엑스 북문 건너편에 있는 천년고찰. 그 옆에 저자가 입원 중인 트리니티 요양병원이 있다.

병영(病營) · 4

아픔은
아픔으로 찾아오고
슬픔은
슬픔으로 되돌아오네

다리는
다리대로 덜렁대지만
손은
손대로 허우적대지만

어쩌면 좋을까
땅속 깊이는 알 수 없는데
하늘의 높이는 더욱 알 수 없는데
얕은 숨결만 가물대누나

가는 날
달구지 타고
올 때도 그랬듯
자갈밭길

그랬음
좋것네
참말 좋것네.

병영(病營) · 5

저승새 운다
검은 옷 벙거지 쓴 사자(使者)
어깨 위에서

—찌이 찌르륵
어서 오라
재촉하누나

온갖
영욕(榮辱)
내려놓고

어서 어서 가자
보채며 보채며
울고 있네만

질기네 목숨줄 질겨
그대 그리고 나
사자도 끊질 못하네.

병영(病營) · 6

눈물이 흐른다
두 볼을 거쳐
입술을 적신다

노란 꽃 후리지아
상큼하고 달콤한 향
스며드는 그대 해맑은 미소

자꾸만 물을 달라 하네
아직도 물은 촉촉이
줄기를 적시는데

클래식
음악을 들으면
좋아라

젊은 때를 그리워하는
팔십 중반을 걸친
사람……

노오란
오렌지향 품기며
날개를 펴고

자동침대에 누워
하늘을 맘껏 날아다니는
나의 사랑 그대.

병영(病營) · 7

'먹을 거 줘
맛있는 거 사줘'
'조금 전에 먹었잖아'

앞산만한 배
'저어기 달마대사가
누님 하고 손 흔드네'

그러면
하하 웃곤
'알았셔'

하늘 구름 헤치고
그녀만의 성(城)에
다녀왔나봐

엄마 아빠
손잡고
놀고 왔나봐

편안히
잠들어 있네
천사가 따로 없네.

병영(病營) · 8

'하늘이 참 맑아, 그치?'
'근데 나 그만 살고 싶어'
'배고파'

'배 아파
토할 것 같아'

아내만의 성(城)에서
잠시 나들이 나왔나봐

'어느 학교 졸업했지?'
'이화(梨花)'

'어느 직장 다녔지?'
'중앙교육연구소'

'나 누구야?'
'남편'

'그래 그래
맞았어'

아내와 나는
손뼉을 치며
까르르 웃었다.

병영(病營) · 9

'미시 황
동대문…… 어디 살았지?'
'……몰라 몰라'

'국민학교
어디 졸업했지?'
'모른대두'

'에이 알면서두
말해봐
고등학굔?'

'귀찮아 몰라'
'배꽃 뭐더라'
'아이 귀찮대두'

'하나만
나 누구?'
'참 내 박진섭'

'박진섭이 누구야?'

'남편
더 묻지 마'

'아아
졸려
졸려'

병영(病營) · 10

아이구 다리야아
아이구 팔이야아
이 옘병할 놈아 살살해

일 년 내내
콧줄 달고 사는
갑식 할배

에에엥
이이에에 으으응
울며 지내는

젊었을 때
꽤나 예뻤을
뽀얀 소녀 할매

이런 저런 일들
보며 들으며
사지를 저당 잡힌

나는 불구(不具) 승객
있는 돈 쓸어 붓는
병신 중 뱅신.

병영(病營) · 11

전두엽(前頭葉)을 잘린
배우가
1970년 중간쯤 덕수궁 옆 정동
세실극장에서 열연했었다

그는
김기일
정신병동에서 환우(患友)들과
열변을 각혈(略血)하던 배우

'뻐꾸기 둥지 위로
날아간 새'

난 지금 환의(患衣)를 입고
배우가 되어
뻐꾹 뻐뻐국
하늘을 날고 있다.

병영(病營) · 12

날카로운 사금파리
부딪는 소리
처마 밑 낙숫물
듣는 소리

별의별 소리들
화음 되어
입속을 간질인다

통유리 너머로 올려 보이는
여름 하늘은
부우옇다

36도 찜통 서울의 바깥은
25도에 만족하는
에어컨에 밀려나
흐린 눈물을 글썽이다가

어디선가
쳐들어오는 먹구름에
둘러싸여
엉엉 소리 내어
울고 말았다.

병영(病營) · 13

매미가 운다
티비인가 했더니
통유리에 붙어
여름을
익히고 있었네

세월이여
세월이여
청량한 소린가……
병영(病營)을 움켜잡는
울음인가

그건
날이 새고
해가 지는지 모르는
병자들 신음인가 보네.

병영(病營) · 14

와중(臥中)
삼 년의 햇바퀴
돌돌 말면
새로운 햇살 펼쳐질까

꿈은 꿈에서 끝난다 해도
허황(虛荒)이 아니길
간절히 간절히
바라지만

온전한 육신과
또렷한 정신으로 죽음이
가장 큰 소망이네

누구나
같은 바람일 것
그리 되었으면
얼마나 좋으랴
좋으랴.

병영(病營) · 15

○○○호 영내(營內)
머리 얻어맞은 여섯 사람과
후종인대골화(後從靭帶骨化)*
중증근무력(重症筋無力)*
희귀병 장애 2급 딱지의 늙다리 박

티비 보며 지난 정부들
싸잡아 난도질하는 앞자리 B
피는 같되 말티는 속절없는
중국인 그 옆 조선족 J
등에 온통 푸른 문신의
말문 막힌 그그옆 C

말 아끼는 옆 방구쟁이
키다리 S
야동에 빠진 그 옆 K
병영에서 가장 착한
끝자리 우리의 친구 L

그 중 하나 매듭 늙다리는
한숨으로 뭉게구름 만들며
삼 년을 넘기고 있다.

* 뒷목 인대가 석화되어 중추신경을 눌러 전신마비
* 눈꺼풀 내려앉음, 복시, 근육 약화

병영(病營) · 16

한으로 빚어
목화솜으로 뭉쳐진
구름

삼대적선지가(三代積善之家)
자식으로 태어나
나쁜 짓 없는 걸로 아는데
자식들에게 못할 일만
지워주는 괴이한 부부

존엄사 종이는
일찍이 마련했는데
아직은 아니라네

알게 모르게 저지른
죄업 씻으려면
더 베풀고 베풀어야 되는가

산비탈 오솔길
검정옷 사자가
오고 있는데

난 아직 아닌가봐
대못 박으며
더더 고행해야 되나 보다.

병영(病營) · 17

11층 휴게실 유리창 옆
노인 한 사람은
진종일 찬송가만
부르고 있다

마음의
평안을 갈구함일까
그러고 보니
노인의 얼굴은 참 맑았다

모든 것은
마음에 달린 거
하느님도 부처님도
내 마음속에 자리한 거

알면서도
가누지 못함은
잔바람에도 흔들리는
인간의 탐욕 때문일 터.

병영(病營) · 18

매제가
영국의 이튼칼리지고등학교
교훈을 카톡으로 보내왔습니다

"남의 약점을 이용하지 마라.
비굴한 사람이 되지 마라.
약자를 깔보지 마라.
항상 상대방을 배려하라.
잘난 체 하지 마라.
공적인 일에는 용기있게 나서라."

나는 어떠했는가
돌이켜 보았습니다

남의 약점 이용해
공격함이
내 위신 높이는 줄 알았습니다
반성합니다

약자를 비웃고
강자에게 비굴했고

나만을 생각하는 이기(利己)에
빠졌습니다
반성합니다

나라의 위기에
뒤에서 불평만 하고
갖은 욕설 다 퍼부었습니다
반성합니다

형제간
우애 없이
얼굴만 붉혔습니다
반성합니다

부모님
정성껏 모시지 못한 죄
어느새 늙고 병들어
벌 받고 있습니다
반성합니다

아비무간(阿鼻無間)*에
떨어져 온갖 형벌
받을 짓 다 했습니다
반성합니다

반성합니다
반성합니다
반성합니다.

* 불교경전에서 죄인의 가죽을 벗기고 그 가죽으로 몸을 묶어 불 속에 던져 태운다는 형벌.

병영(病營) · 19

푸른 물감에 흰색 섞은
여름 하늘 어느 때나
쪽빛 세모시 될까 했는데

어느새

이틀 뒤면 모기 주둥이
꼬부라진다는 처서
계절은 바뀌어 온다네

허나

계절 바뀜 열두 번을
겪으면서 병실이라는
울타리에 갇혀 있었네

누워있는 아내의 몫까지
스물네 번의 때를 안고
울먹임은 전생의 죄업이려네.

병영(病營) · 20

삼 년 족히 함께 한
조선족 간병인 H
고운 정 미운 정 다 들었다

중국을 질책하면
길길이 뛰는
중국인 같은 H

꺾임을 싫어하는
자존감이 센 그에게
허물없이 몸을 맡겼다

아무것도 아닌 일에
자란 지역의 말투가 달라
다툼이 잦았지만

오랜 세월 함께 함은
정성껏 돌봐주는
청국장처럼 꼼꼼한 정 때문이지.

병영(病營) · 21

아내의 아랫니가
또 빠졌다

아내는 부끄럽다고
그렇게 잘 웃던
함박웃음도 웃지 않는다

고맙다
아내가 고맙다

부끄러움을 아는
아내가
정말
정말이지
고맙다 고맙다.

병영(病營) · 22

매제가 좋은 글
또 보내주었다

"행복하고
성공한 사람들은
다음 세 가지를 갖추고
있습니다.

첫째는
과거에 감사하고
둘째는
미래의 꿈을 꾸고
셋째는
현재를 설레며 산다.

Age is just a number"

나이는
맞다
맞어
숫자에 불과하지

그런데도
몸은 늙어가
병들고
생각도 늙어가
망령(妄靈) 수준인가

병실에는
아직도
육신이 각자 다른
아픔이 서로 다른

병끈으로
칭칭 동여진 군영(軍營) 속
벙거지 쓴 군졸의 운명은

속눈물 잔치
잔치국수도 없는
눈물 잔치

과거도
미래도
현재도 없는
병신새끼.

병영(病營) · 23

칼날처럼 날카로운 내가
삼 년 넘게 어떻게 지냈는지
어느새 2019년 11월을 맞았다

차라리 차라리–
수없이 뇌까려도
어쩌지 못했던 목숨이여

쿠에타핀* 한 움큼
가지고 있어도
어쩌지 못했던 인간이여

목숨의 애착일까
저주를 등에 지고
더 힘들게 살라는 것인가

밤하늘을 본다
그 많던 어릴 적 별들
황사(黃沙)에 쫓겼나 보이지 않네.

* 정신, 행동장애, 비정형 항정신병약물, 수면 유도제

병영(病營) · 24

고등학교 학생인
내 시(詩)가
잉크 내음 품기는
활자로 탈바꿈했을 때

동국시집 6집에 시*가 실리고
운현궁 덕성여대 강당에서
이인범의 찬조 발레를 비롯
시 낭송회를 가졌을 때

방학 때 귀향하여
청주방송국
한 달 생방(生放)으로
시낭송 내었을 때

아폴론 음악실에
'유월(六月)'이
시화(詩畫)로 옮겨져
전시되었을 때

신동문(辛東門) 시인

민병산(閔丙山) 평론가
김문수, 류흑열 작가들과
매일 어울려 다녔을 때

병마와 싸우고 있는
아내와 젊은 날
가슴 두근두근
사랑을 잃았을 때

목멱산(木覓山) 기슭
동국대 국문과 오사학번
캐나다 토론토에 있는 정규영
규영의 아내가 된 조방주
고인(故人)이 된 전영필, 송혁 시인
미국에서 소식 끊긴 황갑주 시인
동국대 문인 인사동 모임 인동회(仁東會)의
작고(作故)한 강민 시인
영문과 신경림 시인

하숙집 룸메이트 김시철 시인
같은 부대 상병 송영택 시인

온 누리가
내 것 같았는데
어디로 갔나
화려함이 우쭐함이
어디로 사라졌는가

허나 늙으막에
요양병원 자리보전하며
옛날을 부름이
그나마 행복이다.

* 「가시리」, 「구름」

병영(病營) · 25

동짓달이
월동(越冬) 모기들과 어우러져
달력을 찢어버리고
서른 밤 자고 나면 경자년(庚子年)

기해(己亥) 돗*도
나음 없이 후딱 흘려보냈다
이러구러
아무런 느낌 없이 이불에 싸여 지냈다

어제 일을 잊어버리려 해서
잊어버린 게 아니라
치매(痴呆)가
방문을 열고 빼꼼히 들여다보며
빙긋이 웃어주었기 때문이다

오늘 일도 버거운데
지난 일까지
머리 아프게 생각하지 말라는
병(病)님의 암시일까.

* 제주 방언으로 '돼지'

병영(病營) · 26

새벽 네 시
봉은사 범종(梵鐘)이
은하수 가르며 흐른다

승려들
옷가지 주섬주섬 챙겨 입고
죽비(竹扉) 곁에 가부좌하고 있을 거

오늘의 화두(話頭)는
'불상살(不相殺)
불사음(不邪淫)'이려니

하기사
인간 원죄 상살인 것을
비구승 비구니도 인간이어늘

아으으 중생사(衆生事)
이현령비현령(耳懸鈴鼻懸鈴)
이라.

제4부

을사오적(乙巳五賊)

아직도 버리지 못하는
사색당파의 못된
버르장머리들
토착왜구당이니
좌빨당이니 피터지게
싸우다가
나라 말아먹을 대가리들

길 · 하늘

높푸른 하늘
흩날리는 낙엽에
싸이고 싶네

쪽빛 세모시
쥐어 짜
하늘이 되었나

하늘에 박힌
낮달 한 조각
가지에 걸터앉아
가랑잎과
어울렸네

애수에 젖은 트럼펫이
영혼을 싣고
하늘내에 흐르고 있다네.

백학(白鶴)

파아란 하늘에
점점 흰 목화
백학 되어 난다

백학은
내 몸에
둥질 틀고
푸름이 되라
속삭이고

하늘로 날아가
하아얀
솜털 구름이
되었다.

단오(端午)

올라라 더 높이
조개구름 닿도록
더더 높이 올라라

창포향 품기며
무지갯빛
댕기 날려 구름 타고

한울님 만나서
우리님 어쩌라고
하소하고

반토막
거기에
또 반토막 된

우리들
후미진 그늘막 시궁창
벗어나도록

빌고 천만 번 빌고
오너라
그네 위 사람아.

문턱

삭신을 푹푹 삶아대더니
처서가 지나서
아침저녁으로
서늘한 바람이 불어오고
매미들의 곡성이 이어진다
얼마 남지 않은 여름을 보내는
귀뚜라미 합창이 이어진다

아파트 문짝 사이로
가을이 문턱을 넘어서고 있다.

가을

가을이 오나 봐
하늘은 푸르러 지고

나뭇잎은
삼베옷 마련하고

구름은
눈시울 찔끔거리며

은하(銀河)를
건너네.

마음

눈부신 햇살 이고 누리에 퍼질 때
폭신한 마음
조개구름 등지고 산 들 강에 흐를 때
서그러운 마음
샛바람 쥐고 솔밭 누벼 가로지를 때
햇살 구름 바람은
보드라운 솜이불
울 엄니들 마음이네.

에덴의 동쪽

캘리포니아 살리나스
농사꾼 아담의 아들
앨런과 칼

그 아들들은
카인과 아벨의
현신이던가

사랑에 목말라 반항하는
칼의 마음도 모르고
편애하는 아버지 아담

은은하고 잔잔히 흐르는
선율 속에
칼의 눈물은 녹아 들었다

'간호원은 너무 시끄러우니
칼 네가 간호해 달라는'
아버지의 말에

한 번만이라도
아버지의 사랑을 받고 싶었던 칼
반항으로 사랑을 원했던 칼

57년 영화관에는 '에덴의 동쪽'
잔잔히 흐르는 음악에
제임스 딘의 반항은 녹아내렸다.

젤소미나

핸드폰에 노래 찾아
쌓아 넣고 듣고 하기
어느덧 스무 곡쯤
그 가운데 하나

'라~라라라라~
라~라라라~라~'
애끊는 길(La Strada)의 주제곡

문학청년 시절
영화 보면서
애절했던

젤소미나의 슬픔이
트럼펫 소리에 섞인
잠파노의 절규

짐승 같은 사나이의 괴력에
감탄하는 젤소미나
백치의 미소

소녀 줄리에타 마시나는 가고
사나이 안소니 퀸은
외마디 소릴 내지르며 죽어갔다

내 머리엔
슬프디 슬픈 트럼펫 선율과
백치와 차력사가 오버랩 되어 지난다.

Nude

알몸은
가식을
지워버린다

털끝만한
지식도
체하는
사랑도

모두 모두
쓸어버린다.

흐름

세월 빠르기도 하네
희수(喜壽) 넘어 어느새 팔순이
코끝에 왔네만
아무것도 한 일 없이 이리도 허무하게
창문만한 하늘을
빠끔히 내다보고 지낸다네
뭐꼬…… 뭐꼬……
우라질놈의 몸뚱아리
어느 땐 손바닥만한 햇빛에
그나마 고마워하면서 오늘을 맞네.

화사(花蛇)

꽃뱀의 꾀임에 넘어진
하와가 아담에게
선악과를 먹였다나

출산의 죄 찌꺼기
카인이 아우 아벨을
돌로 쳐 죽여

아직도
원죄의 거풀을 벗지 못하고
지구 곳곳 죽고 죽이고

평생을 배로
기어 다니는
뱀의 저주인가

지구는
불로
사라진다네.

오공(悟空)아

어디로 갈까
어디로 가야 하나
한치 앞도 보이지 않는
골짜기에서
길 잃어 방황하는
한심한 겨레들

옥죄어오는 지랄 같은
요괴들을
근두운(觔斗雲) 타고 내려와
여의봉으로 때려눕혀라
육실(戮屍)할 놈들을
오공아

어디서라도
어지러운 나라 바로 하는
치세의 영웅이라도 모셔 오렴아
우리 목에 감긴 밧줄 풀어다오
오공아.

이적(異蹟) 이룰 힘을 주소서

하늘이 우루룽 고함치며
칼로 땅을 내리쳤다
땅에는 우윳빛 핏물이
흘러내렸다

차돈(異次頓)의 머리가
하늘 높이 솟구쳐
경주 북쪽 금강산 봉우리에
올려졌다네

바로
이적이었네

단군 하나비의
홍익인간(弘益人間)
고구려의 강력한 국세(國勢)
신라 백제의 찬란한 문화
해동성국(海東盛國) 발해의 영토
모두 어디로 갔니

형제의 난에 무너진 고구려
귀족의 부패에 망해버린 신라
왕의 방탕에 나라 잃은 백제

한줌도 안 되는 신라 외세와 결탁
방대한 국토를 당(唐)에 헌납하고
삼국통일의 위업이라고
하나비야

잠깐 반짝했던 조선
고놈의 당쟁 때문에
왜(倭)에게 나라를
통째 떠받친
하나비야
어리어리한 하나비야

아직도 외세에 눌려
동강나 서로 으르렁대는 반도
죽음 직전이네
하나비의 아들 딸 손주들

다시 한 번
이적을 내리소서
스스로 이적 이룰
힘을 주소서

하느님이여
하느님이여.

을사오적(乙巳五賊)

오래 전
동물원에 백호(白虎)가 태어나
나라에 경사가 있을 거라
난리더니

어제는
흰 참새가 나타나
경사로운 일이 있을 거라

그런데
아직도 버리지 못하는
사색당파의 못된
버르장머리들

토착왜구당이니
좌빨당이니 피터지게
싸우다가
나라 말아먹을 대가리들

'공명지조(共命之鳥)'*
빌어먹을
너희들이 바로
을사오적이로구나.

* 한 몸에 두개의 머리를 가진 새로, 어느 한쪽이 없어지면 자기만 살 것 같지만 결국 모두 죽고 만다는 뜻

종말이면 어떠랴

숯검댕이로 휘적거린
구름을
누가 그림이라
하였는가

몰아치는
회오리바람을
누가 용오름이라
하였는가

인간은
성(性)*으로 규정짓고
성(性)으로 패대기치고
이리 살아 왔느니

땅 위에서 일어나는
무서운 모든 조화도
금새 잊고
다시 일을 저지르는

다람쥐 쳇바퀴 도는
세상에서
핵이 폭발한들
어떻고

혜성과 부딪쳐
지구가 산산 조각난들
이미 망가진 것들인데
어떠랴

허우적대다가
갈 뿐이거늘.

* 성질(性質)

머지 않았어

삼 킬로 짜리 벌거숭이
자라서 무리 가운데 섞였지
똥 묻은 거적때기 겹겹이 걸치고
뱀보다도 긴 혀를 내둘렀어

수많은
독사들과 어울리면서
그러면
안 된다
안 된다
하면서도 끝내 빠져 나오지 못한 어리석음

요즘 흔한 말로
적폐(積弊) 청산이라던가
너나없이 써대는 팩트(fact)는
제 아무리 깨끗한 척 해도
인간은 인간

나라의 우두머리도
그 밑 나졸들
판관 나으리도

툭하면 쏘아 뱉는
국민 국민 금배지 나으리들

망구(望九)는 머지 않아
증기로 사라져
구천(九泉)을 헤매겠지만

날름대는 뱀의 혓바닥
불화살 맞기 전에
내 탓이오 하면
뉘 아니
무간지옥(無間地獄)*만은
피할 수 있을지
가는 날 머지 않았을 테니.

* '아비지옥(阿鼻地獄)'과 같은 뜻

우리들의 역전(逆轉)

우리 속에서 구경꾼 동물들을 본다
그들의 시선은
호기심이었다

나는 한국산
옆 친구는 중국산 일본산
그리고 미주산
유럽산 아프리카산 인간 동물들

하나 같이 우리 밖
동물들의 구경감이다

우리들 사람은
부끄러움을
모른다

그들 보는 앞에서
코피 터지게 교미하고
죽기로 싸움하고
게걸지게 먹어 치우고

그러면서 우리 속이
천하의 낙원인 것처럼
위의 하늘이
우리들 세상인 것처럼
청계산 대공원이
천상천하 우리 영토인 것처럼
확신하며 산다.

이랬던 일들

광복 직후와 육이오 때
미군부대 주변 쓰레기구덩이에
새까맣게 몰려든 아이들이
찌그러든 깡통에서 통조림을 빼먹던
일이
있었는데

할로모자 쓴 지아이에게
'할로 기브미 쪼꼬레트 기브미 껌'을
외쳐대던
일이
있었는데

1950년 고막을 찢으며 터지는 총알과 포탄으로
서로 죽인 카인의 후예를 자처한
일이
있었는데

몇 수년이 흘렀어도 '기브미'를 외치며
외국의 밀가루와 설탕 전지분유를
덥석덥석 받아

먹기만
했었는데

지금도 이렇다 저렇다 하나로 합하지 못하고
서로 치고 받으며 피 흘리는
종족의 후예들인데

이제는 우리들 공복(空腹)이
거의 차지 않았는가.

타임캡슐

된바람과
마파람이
분할선에서
맞부딪칠 때
일어날 소용돌이의
비밀이

세 개의 대륙과
한 개의 섬사람들이
이 쬐꼬만 땅덩이를 놓고
이렇다
저렇다
씨부렁대는 거미줄 같은
비밀이

먹을 것도
입을 것도
잠잘 곳도 마뜩찮은
가난한
이 쬐꼬만 달팽이 거푸집 안에

웅크리며 사는 마음의
비밀이

알려질 날
언제인가.

영서화(榮瑞花)*

삼천 년만에 핀다는
영서화가
시도 때도 없이 나타난다

컨테이너 선박에서도
시멘트벽에서도
나무벽에서도
비구니의 손바닥에서도
부처의 몸에서도
수도 없이 피어난다

전륜성왕(轉輪聖王)*이
강림할 징조인가

형편없이
쪼그라드는 국토를
바로하려
몽땅 피어버리는 것인가

아니면
방향타를

잃었음인가

우

담

바

라여

* 우담바라
* 무력이 아닌 정의와 정법의 수레바퀴를 굴려 세계를 지배한다는 이상적인 왕

널 밖 세상

좁고 길쭉한 널 안에서
바깥세상을 본다

널 밖에는

갖은 욕망에
하늘이 높고 파란 줄 모르고

강물이 그렇게
푸른 줄 모르고

대지가 그렇게
따스한지 모르고

새들의 말소리가 그렇게
청아한지 모르고

구름이 그렇게
고운색인지 모르고

……

널 안 송장으로
삼베에 동여매어

널 밖에 지냈을 때를
생각하며 회한에 젖겠지.

조나단

관광객이 던져주는
새우깡을 받아먹으며
지탱하는 외포리의 너를 본다

하늘 높이 날아
더 높이 날아
우리들에게
희망을 주던 너는
이미 희망이 아니다

생선 찌꺼기를 거부해
무리에서 쫓겨나
오히려 자유를 얻었던 영광을

자유를 갈망했던 네가
새우깡으로 연명하고 있는

강화 외포리의
가여운
조나단을 본다.

어떤 사내

가이삿기야
넌 사내가 아니야
막대 짚고 몸도 못 가누는 네가
반 발짝도 힘들어하는 주제가
어찌 사내……

가이삿기야
세지 않으면서 체 하는 헛똑똑이
넌 사내가 아니야
울고 싶을 땐
울어라
소리 펑펑 내며 울어라

달마산 떠멜 소리로
내질러라
쾅쾅 내질러라

얼음장 같다가도 곧장 불이 되는 가슴
차라리 힘껏 갈겨
쪼개버려라
산산이 부숴버려라
이 가이삿기야.

똥개의 후예들

똥개의 자식새끼
강아지들 어른 되어
여기저기
짖어대네

먹고
먹어도
그놈의 탐욕은
끝장 모른다네

개장에 갇혀 있어도 어떡하면
힘센 자리에 오를까
배를 더 채울까
남의 머리를 밟고 나아갈까
우두머리급이 되어도 한 가지네

세월아 네월아
아귀다툼에
덧없이 가버리면
휴우 임진란이
경술국치 같은

환란이
오지 않는다고
누가 장담하랴

사슬을 차고도
똥개의 후예들은
구림이 없어지지 않네
아귀(餓鬼)가 따로 없네
모두가 똑같네 그려.

청문회

청문에만 가면
미세먼지까지 탁탁
청소 흡입기에 쓸리고 있다

국무총리 후보
k, A, M, L 등도 그랬지
정치꾼들 치고
도둑 아닌 놈 있나

조선시대
도둑이 도둑을 심판하는
형조(刑曹) 금부도사(禁府都事)도
부(富)와 가문(家門)을 지켰다지

지금도
정권이 바뀌면
모두 도륙 당한다
권력의 습성이던가

모두 지옥으로 보내고
티끌 없는 깨끗한 나라

자유민주주의 자유부국
강국의 나라 되기를

바란다
그렇게 되기를
간절히
바란다.

천지개벽

이즈음 꾼들
가납사니들만 모여
장지(長指)만 세우지 않았지
쑥떡을 서로 먹이고 있네

댐의 벽
금이 가로 세로
휘저었어도
무너지지 않는 것

신기하다
조상들 음덕(蔭德)인가

허나
깜냥도 되지 않는 것들이
시건방 떨면서
애국자인 양
국민 국민 개나발 불고 있네

제3의 지도자
내려와

모두 모두 쳐버리고
천지개벽 바라네
미쁘지 않은 씨종머리들
데려가 주게.

소설(小雪)에

소설에는
눈이 온다카는데
눈은 안 오고
바람만 쌩쌩 분다카이

요즘 날씨라 카모
단군할배 나라 연제
사천 삼백 오십 이년
최악을 달리고 있다 아이가

You Tube 도배 보모
이러쿵 저러쿵
야단법석이제

누가 믿노
눈을 시퍼렇게 떠고 있는데
많은 가짜 뉴스 누가 믿노
모두 거짓 꾸밈이제 그렇제

쪼그라든 한반도
대한민국 헌법 제3조
대한민국의 영토는
한반도와 그 부속도서(附屬島嶼)로 한다꼬

논바닥 허새비가
어이없는 웃음을
실실 흘려요

또 있어예
선거 때만 되몬
무당 아줌씨덜
예언자 성님덜

이렇구 저렇구
씨부렁 씨부렁
허참 어디다 귀를 대꼬

선거철 가까와 오니
지나간 일들
또 입방아 찧고 까부네예
언제까지 울궈묵을 긴데에에

–인자 마
그만들 하이소
제발 제발 그 주디들
다물어 주이소 야.

꼬라지들

남묘선 간나아쌕기들
미사일 갈겨 불바다 만들게니
까불디 말라우

냅둬유우
살찐 도야지 정은이
지랄해봐야 별거 있관디유
우덜은 도람쁘가 있자뉴우

뭔 소리 그러게 한당가
도람쁘가 우릴 돕는다고라
펴주고 휴전선 뽀개고 우리는 하낭께
손잡자 해보드라고 통일이 된당께로
선상님도 그걸로 크은 상 받았응게

확 쌔리뿔라
내사 마 몬살끼라 주깨지마아라
부국강국 만든 분이 뉘긴데에
느그덜 호의호식하모 뉘기 덕인데에
짓고 까부노 문디이쌔끼들 치아뿌라

–그만둬
치고 받다가
어부(漁夫)만
땡잡아유
땡잡능당께
땡잡는다카이.

기도

그대여
사랑을 주소서
그대 따스한 입김을
더럽혀진
이 대지에
뿌리소서
부디
덮어주소서
하늘이여.

발문(跋文)

해동고(海東高) 제자들
28기 공대천, 정희장, 최순용

첫사랑의 색깔이었다
–선생님을 향한 그리움은 언제나

석포(碩浦) 공대천
(수필가, 해동고 28동기회)

불우했던 고등학교 학창시절에 선생님과의 만남은, 하늘색 정향풀의 첫사랑 색깔이었다. 어둡게만 펼쳐졌던 삶의 힘겨웠던 풍경들, 때도 없이 부딪쳐오는 외로움의 시간들, 그로 인한 반항의 무절제, 그렇게 온 몸으로 혼자만이 견디어야만 했던 억눌린 가슴을 언제나 포근히 감싸주셨다. 밀어도 열리고 당겨도 열리는 살아가야 할 문이 이 세상에 있음을 일깨워 주셨다.

찾아뵙지 못한 오랜 죄스러움의 세월!

동기생 정식이가 이번에 상재(上梓)되는 선생님의 네 번째 시집에 내 글 한 줄 올림이 어떨까 하였다.

올 1월, 칠순의 늦은 나이에 수필가로 등단한 나를 선생님과 연결해 주고 싶었나 보다. 짧은 망설임이 있었으나 마음이 가는 길을 걷기로 했다. 선생님과의 글을 통한 조우가 남은 내 인생에 보다 아름다운 하늘을 열어 줄 것이다. 불러주심이 영광이기에 졸필인 내가 용기를 내어본다.

세 번째 시집 발간 후에 눈을 감으실 때까지 묶어 두려 하셨던 시(詩), 그러나 끝내 글쟁이의 소명에 충실하시어 네 번째 작업에 몰두한 것이라 미루어 짐작해 본다. 첨삭하고 퇴고하고, 또 첨삭하고 퇴고하면서 경건하게 마지막 생을 준비하신 과정은 아니었을까? 시집에 실릴 시를 아직 접하지 못했다.

그러나 발간될 시집 『아내의 성(城)』에는 선생님의 고요한 삶이 묻어 있으리라. 그리고 조용한 눈물이 흐르는 당신의 자책도 있지 않을까? 선생님의 담백한 인품이 빚은 시는 우리들의 가슴에 애잔한 울림을 줄 것이다.

당신의 춘추, 여든 다섯의 여정에 마지막 발간이 아닐는지? 마음도 몸도 건강하시어 틈틈이, 그러나 오랜 시간동안 건필하시도록 기도드린다.

선생님께서 이 세상 소풍을 끝내신 후에 우리 제자들이 유작 시집을 발간해 드리는 영광스런 날을 기다려보기로 한다.

나도 정성을 다해 동참하면서 선생님과 첫사랑의 색깔을 기억 속에 담고, 언제나 나의 그리움을 선생님 등 뒤로 불어주며 살고 싶다. 선생님 생전에 마지막이 될지도 모르는 시집에 부족한 내 시(詩) 한 편 올려보는 영광을 누리려 한다.

이는 살아계시는 예수님이 주시는 은총이라 생각하면서.

*한 줄 촌언(寸言): 공대천의 「낚시」는 사모곡(思母曲)을 연상케 하는 어머니에 대한 그리움과 회한(悔恨)이 넘쳐 있다. 그의 시(詩) 8편 가운데 마음에 닿는 한 편을 발문(跋文) 끝머리에 올린다.

낚시

공대천

내린천의 속살 안으로 발을 들인다
무릎까지만이다
물살이 세월을 이기고
다리를 세울 수 있어야 한다

진초록의 짙은 물
그리움도 너무 깊으면
마지막 눈물까지 마르게 한다

물살이 센 곳을 피해 가며 걸음을 옮긴다
물 표면에 비치는 지난날의 눈
나를 쳐다본다
일치를 이룰 수 없는
두 세월 사이로 몰려드는 물고기들
몸속의 찌꺼기를 씻으며
내일을 건는다

바늘이 없는 낚싯줄을 물 위에 흘린다
강바닥 돌 밑에 눌려 있는 그대
나는
견딜 수 있을 만큼의
긴 시간 세월을 낚는다

『아내의 성(城)』 상재 축하드립니다
–산소와 시원한 그늘을 주신 스승님

정희장
(전 우성월드 대표이사, 해동고 28동기회)

팔순을 넘기신 연세에 여러 해 병고에 시달리셨던 노은사님의 시집 상재 소식은 저에게 놀랄 만큼 큰 감동을 주었습니다. 젊은이라 할지라도 오랜 기간의 병영생활은 자신의 몸 하나 지탱하기 어려운 것이 사실입니다.

병마에 기력을 다 소진하셨을 선생님을 무엇이 이끌어 이렇게 시 작품 활동을 가능하게 했을까? 생각해봅니다. 그것은 매화나무가 고목이 되어서도 엄혹(嚴酷)한 추위를 이겨내고 새로운 가지를 뻗어내고 꽃을 피우는 것과 같은 아름답고도 강인한 정신일 것입니다.

선생님은 고교 시절 국어 선생님이셨습니다. 그 당시 선생님께서는 풋풋한 젊음이 넘쳤습니다. 선생님의 제자 사랑은 봄바람 같이 따뜻했고 솜사탕같이 부드러웠으며 가르침에 대한 열정은 타오르는 불꽃이었습니다.

선생님은 우리들에게 많은 가르침과 교훈을 깨우쳐 주시었습니다. 인간애와 연민의 정이란 무엇이며 인간의 존엄한 가치는 무엇인가를 일깨워 주셨습니다. 그것은 나무가 우리에게 주는 교훈 같은 것이었습니다.

산소를 만들어 주고 시원한 그늘을 주는 배품의 정신 그리고 다양한 나무들과 풀들이 사이좋게 숲을 이루는 공동체 의식 그리고 죽어서도 귀한 목재가 되고 땔감이 되어 재가 될 때까지 자신을 헌신하는 희생정신이었습니다.

선생님의 영혼을 담은 제4시집 상재를 축하드리면서 무엇보다 은사님의 건강회복을 기원 드립니다.

『아내의 성(城)』 시집 상재에 즈음하여
–선생님! 사랑합니다데이

최순용
(비티에스 대표이사, 해동고 28동기회장)

세월이 흘러 반백의 희긋희긋한 머리에 고등학교를 졸업한 지도 반백년이 지난 오늘, 제자 5명이 선생님께서 투병 중이신 서울 강남 소재 트리니티 요양병원을 찾았습니다.

학창시절 저희들을 가르쳐 주시고 지켜 주시던 보금자리를 떠나 대학으로 진학하고 사회로 진출하고 저 마다의 성공 길로 달려가면서 가끔은 선생님의 안부를 전해 듣곤 하였습니다.

그 후 졸업 20주년부터 시작된 홈커밍 20주년 행사(금곡스포츠랜드)와 홈커밍 30주년 행사(코모도호텔 영빈관) 홈커밍 40주년 행사(오아제프리미엄뷔페)에 천리길도 마다 않으시고 선생님께서는 꼬박꼬박 개근 참석하시어 함께 나이 들어감을 소소해 하셨고 지난날의 젊음을 회상하시면서 즐거워하셨지요.

그러다가 이번 홈커밍 50주년 행사(일본온천여행)를 준비 하던 중

선생님의 투병소식을 듣고 모든 동기생이 무거운 마음으로 행사를 마치고는 침울한 심정으로 선생님을 찾은 오늘, 장기 입원에 따른 치료의 고통을 극복하시고 삶의 일체감을 초월하신 듯 평안한 미소와 형형한 눈빛의 산부처님 모습으로 비록 휠체어에 의지하는 불편하신 몸으로 투병을 계속하고 계셨지만 저희들을 반겨 주시는 대화 속에서 새로운 생명의 끈을 잡는 것을 보았습니다.

스승도 없고 제자도 없다는 요즘 세태에서 우리 해동인들에게 선생님은 영원한 스승이며 저희들은 영원한 제자일 뿐입니다.

선생님의 제4집 시집 출간을 동기생 모두가 진심으로 축하드리면서, 2029년 홈커밍 60주년 행사에는 건강하신 모습으로 참석하여 주실 것을 청하오며 옥구슬 같은 시어와 깊은 계곡 시냇물 같은 청아함으로 삶의 기쁨을 노래하는 좋은 시를 제5집, 제6집, 제7집…… 계속하여 출간하여 주십시오.

선생님!
언제나 건강하십시요.
사랑합니데이!